AF198636

Ereigniskette

BoD™
BOOKS on DEMAND

Meinem Vater gewidmet.
Seine Alkoholkrankheit kostete ihn
das Leben.

A. A. Reichelt

Ereigniskette

Eine Novelle

Bibliografische Information der Deutschen Nationalbibliothek:
Die Deutsche Nationalbibliothek verzeichnet diese
Publikation in der Deutschen Nationalbibliografie;
detaillierte bibliografische Daten sind im Internet
über http://dnb.dnb.de abrufbar.

© 2017 A. A. Reichelt

Lektorat: Bianca Weirauch
Umschlagbilder: privat
Herstellung und Verlag: BoD – Books on Demand,
Norderstedt

ISBN: 9783744812658

Inhaltsverzeichnis

Ereigniskette

Prolog

»Mama, wann hat Papa angefangen, zu viel zu trinken?«, fragte der Achtjährige mit zittriger Stimme.

Marianne Brunndobler wischte ihrem Sohn Zacharias die Tränen von den Wangen und nahm ihn in den Arm. Sie saßen auf dem Boden im Wohnzimmer, direkt neben dem Fernsehgerät. Das Sofa war mit den Scherben des zerborstenen Tisches übersät, in dessen Resten ein Brecheisen steckte.

»Ich weiß es nicht, Schatzi. Eigentlich kenne ich ihn nur so. Aber anfangs habe ich das nicht so empfunden. Dein Opa hat genauso viel getrunken. Und dein Urgroßvater auch.«

Sie hielt kurz inne und dachte nach. Mit sanfter Stimme fügte sie hinzu: »Wenn man jedem Ereignis eine Ursache zugrunde legt, jede Entwicklung auf die jeweilige Ursache zurückführt, dann hat er wohl irgendwann um das Jahr 1900 zu trinken begonnen.«

»Das verstehe ich nicht.«

»Ich auch nicht, Schatz, ich auch nicht.«

Wendepunkt

2015

Seine Knie fühlten sich auf eine unangenehme Art warm und nass an. Als er an sich hinunterblickte, bemerkte er, dass er in einer Blutlache kniete. In diesem Moment war ihm das völlig egal. Zacharias Brunndobler betrachtete den leblosen Körper seines Vaters mit einer Mischung aus Ekel, Wut und Trauer. Und Fassungslosigkeit. Wie hatte es nur so weit kommen können? Er wollte gerade mit ihm Frieden schließen, doch nun war sein Vater tot.

Beschämung

Was er wohl diesmal von ihm wollte? Die Anrufe seines Vaters waren in den letzten Jahren seltener geworden. Gott sei Dank! Trotzdem war er stets in Habachtstellung, wenn er dessen Stimme am Telefon erkannte. Der Treffpunkt war wieder einmal die Spelunke, in der er sich seit Jahrzehnten betrank. Der ›Wirt‹, wie er ihn immer nur nannte. »Komm zum Wirt!«, hatte er nur gesagt. Dieselbe alte Leier.

Trotzdem, er war sein Vater.

Zacharias zog seine Schuhe an, nahm seine Jacke und verließ die kleine Wohnung in der Altstadt Burghausens. Es waren nur wenige hundert Meter bis zum ›Wirt‹. Auf dem Weg dahin dachte er an sein letztes Aufeinandertreffen mit seinem alten Herrn. Peinlich war gar kein Ausdruck für dessen Verhalten. Rumgegrölt hatte er mitten in der Stadt.

Das einst ehrwürdige Gasthaus hatte schon bessere Tage gesehen. Beim Eintreten kam ihm ein strenger Geruch nach Urinalduftsteinen und Rauch entgegen. Als er den Gastraum betrat, erkannte er seinen Vater sofort. Er hatte die Arme auf dem Tisch verschränkt und schlief mit der Stirn auf den Unterarmen. Die zehn Minuten bis zu seiner Ankunft hatten ihm zum Einschlafen gereicht. Zacharias nickte dem Wirt zu, der gerade mit einer Zigarette im Mund an seinem eigenen Glücksspielautomaten zockte.

»Er hat seit Wochen nicht mehr bezahlt!«

Nette Begrüßung.

»Dann gib ihm nichts zum Trinken!«

Der Wirt schnaubte verächtlich und wandte sich wieder seinem Automaten zu.

Zacharias ging zu seinem Vater und fasste ihn vorsichtig an der Schulter an. Wenn er betrunken schlief, neigte er dazu, beim Erwachen um sich zu schlagen. Dies hatte seinem Sohn schon diverse blaue Flecken eingebracht. Doch diesmal blieb er ruhig.

»Zacherl! Ich habe Dich so vermisst!«, rief sein Vater viel zu laut.

Er war also bereits in dem Alkoholstadium angekommen, das in der Familie ›der Moralische‹ genannt wurde.

»Wie viel hast denn getrunken, Vater?«

»Setz dich her, mein allerliebster Sohn!«, lallte er.

»Vater, du hast nur einen Sohn.«

Mit einem Lächeln auf dem Gesicht antwortete er: »Wer weiß.« Natürlich fand er dies sehr witzig und lachte überschwänglich. Sein Sohn hatte nur einen mitleidigen Blick dafür übrig.

»Ich bring dich heim, Vater.«

Völlig unvermittelt sprang dieser auf, sodass der Stuhl nach hinten umfiel, und schrie: »Heim? Ich habe kein Heim mehr, seit ihr mich rausgeworfen habt. Da tut man alles für seine Familie und dann stoßen sie einem ein Messer mitten ins Herz.« Mit einer theatralischen Geste stach er mit einem imaginären Messer auf sich ein. Während er auf diese Weise seiner Wut Ausdruck verlieh, wechselte seine Stimmung bereits wieder und er begann zu weinen. »Ich habe doch nur euch gehabt. Ich brauche doch auch bloß Liebe.«

Der peinlich berührte Filius blickte sich um, doch im Gastraum schien niemand zu sein, der nicht bereits einen ähnlichen Alkoholspiegel sein eigen nannte.

Wie satt er diese Situationen hatte. Und wie sehr er Alkohol verachtete.

»Ich weiß, Vater, aber erstens bist du gegangen und zweitens bringe ich dich jetzt zu dir nach Hause. Dann schläfst deinen

Rausch aus und morgen kannst weitersaufen.«

»Soll das heißen, dass ich ein Säufer bin?« Er versuchte, sich vor seinem Sohn aufzubauen, doch wankte dabei nur hin und her. Krachend fiel er auf den Stuhl, den er zuvor umgeworfen hatte. Auf dem Rücken kam er zum Liegen und begann fast sofort zu schnarchen.

Zacharias beobachtete die gesamte Situation völlig regungslos. Er zog seine Geldbörse aus der Gesäßtasche, nahm einen Einhunderteuroschein und legte ihn auf den Tisch.

An den Wirt gerichtet, sagte er: »Hol die Polizei, die sollen ihn mitnehmen und ausnüchtern.«

»Willst du ihn jetzt einfach so im Stich lassen? Deinen eigenen Vater!«

»Er war nie ein Vater für mich. Das ist jetzt das letzte Mal, dass ich seine Zeche bezahle.«

Er drehte sich um und verließ den Gastraum.

»Er war nie ein Vater für mich«, wiederholte er voller Wehmut, als er ins Freie trat.

Wut

2002

Marianne Brunndobler liebte das Sonntagsfrühstück mit ihrem Sohn. Seit ihr Ehemann sie vor einem Jahr verlassen hatte, nahmen sie sich jede Woche Zeit dafür. Zunächst backten sie Brötchen auf, kochten Kaffee und saßen dann bis zur Mittagszeit zusammen und unterhielten sich. Auch heute waren sie gerade dabei, den Tisch zu decken, als es an die Haustür klopfte.

»Erwartest du jemanden, Zacharias?«, fragte sie mit besorgtem Blick.

»Nein! Nicht, dass ...«

Mitten im Satz wurde er von lautem Gepolter unterbrochen. Jemand war vom Anklopfen zum versuchten Eintreten der Tür übergangen.

»Lasst mich rein. Das ist mein Haus!«

Schon bei dem ersten Geräusch hatten sie den Verdacht, der nun bestätigt wurde: Der betrunkene Vater war wieder einmal da, um Radau zu machen.

»Das war das letzte Mal!«, sagte Zacharias mit hasserfüllter Stimme und fügte an seine Mutter gerichtet hinzu: »Bleib Du hier!«

»Junge, lass es doch einfach. Ich hole wieder die Polizei.« Marianne konnte ihren Sohn nicht mehr zurückhalten.

Der Siebzehnjährige öffnete die Haustür und sah seinen Vater gerade ausholen, um erneut gegen diese zu treten. All die Jahre der Demütigung, der Schande und der Angst brachen im jugendlichen Gemüt hervor. Seinen Vater mit der linken Hand packend, schlug er ihm mit der Rechten ins Gesicht. Einmal. Zweimal. Zu einem dritten Mal sollte es nicht kommen. Der betrunkene Mann sank auf die Knie. Nur ein leises Ächzen zeigte, dass er noch bei Bewusstsein war.

»Du drangsalierst uns nicht mehr. Nie wieder schlägst du Mama oder mich. Wenn du noch einmal dieses Haus betrittst, verlässt du es in einer Holzkiste.« Ihn noch immer am Kragen haltend, zerrte er ihn aus der Einfahrt und legte ihn auf den Gehweg davor in eine mehr oder weniger stabile Seitenlage.

Als Zacharias wieder das Haus betrat, sah er, dass seine Mutter weinte.

»Keine Angst. Er kommt nicht wieder.«

Sie umarmten sich und weinten miteinander.

Hoffnung

2000

Die Anspannung war deutlich spürbar, als Marianne und Zacharias auf ihrem Weg in die Klinik miteinander sprachen.

»Glaubst du, er packt es diesmal?«, fragte er seine Mutter.

»Es ist seine letzte Chance. Noch einmal zahlt die Krankenkasse keine Entziehungskur. Aber wir dürfen die Hoffnung nicht aufgeben.«

In dem alten Ford Escort funktionierten weder das Radio noch die Heizung. Dass sie beide zitterten, lag allerdings nicht daran. Als sie die zweihundert Kilometer weitestgehend schweigend zurückgelegt hatten, schienen sie erschöpft - mental wie körperlich. Nachdem sie einen Parkplatz gefunden hatten, marschierten sie zum Haupteingang, umarmten sich davor noch einmal und betraten dann das Gebäude.

An der Pforte erkundigten sie sich nach der Zimmernummer des Familienvaters.

»Station 3. Zimmer 23. Bitte an der großen Glastür zum Treppenhaus klingeln. Eine Schwester kommt dann und lässt sie eintreten.«

Sie folgten den Anweisungen und konnten zehn Minuten später Zimmer 23 betreten. Als sie die Tür öffneten, sahen sie den Familienvater im Bett liegen und aus dem Fenster starren.

»Wie geht es Dir, Schatz?«

»Gut. Ich war seit Jahren nicht mehr so klar im Kopf.« Er hatte sich völlig verändert. Seine ständige Aggressivität war verschwunden. »Ich habe wieder zu malen angefangen. Das macht mir richtig Freude.« Er erhob sich und wollte seinen Sohn umarmen, doch dieser zuckte nur zusammen. Josef Brunndobler strich ihm nur über die Schulter und wartete, bis dieser ihn ansah.

»Es tut mir leid, Zacherl. So leid. Ich kann es nie wieder gutmachen. Aber ich möchte, dass du weißt, wie sehr es mir leidtut.«

Erste Tränen liefen über die Wangen des Fünfzehnjährigen. Nun umarmte er seinen Vater und die ganze Familie brach in Tränen aus.

Sie verbrachten den ersten ›normalen‹ Tag als Familie. Den allerersten seit sehr langer Zeit. Auf dem Heimweg hatten sie allesamt etwas gewonnen, was sie nicht mehr kannten: Hoffnung.

Geborgenheit

1998

Was für eine Nacht. Wie ein Baby hatte er geschlafen. Er war nicht ein einziges Mal aufgewacht, etwa weil jemand im Haus herumbrüllte. Geborgen hatte er sich gefühlt, hier bei seinem Freund Claus Huber in Burgkirchen. Vielleicht sollte er öfter bei ihm übernachten.

Herr Huber klopfte an die Jugendzimmertür und öffnete diese.

»Aufstehen! Frühstück ist fertig.«

Was für ein netter Mann. Auch Claus liebte ihn über alles. Immer wieder erzählte er Geschichten von Ausflügen und Unternehmungen mit seinem Vater. Er schien sein größter Held zu sein.

Nachdem sich die beiden Jungs angezogen hatten, gingen sie in das Esszimmer und setzten sich zum Rest der Familie an den Tisch. Zacharias hatte seinen Vater morgens noch nie etwas essen sehen. Er trank nur. Cognac. Zumeist etwa eine halbe Flasche morgens. Herr Huber trank Kaffee und Orangensaft. Und aß. Seltsam.

Es fühlte sich an wie eine andere Welt. Wie sehr wünschte er sich das Leben seines

Freundes Claus. So lebten also normale Menschen. Noch nie war ihm so bewusst geworden, wie unglücklich er mit seinem eigenen Leben war.

Als er von Herrn Huber nach Hause gebracht wurde, kämpfte er mit den Tränen. Nachdem er die Wohnung betreten hatte, lauschte er zunächst. Kein Geschrei. Er zog seine Schuhe aus und schlich durch den Flur. Im Wohnzimmer fand er seinen Vater auf der Couch liegend. Schlafend. In der Hand hielt er eine leere Flasche Schnaps.

Der dreizehnjährige Zacharias schlich ins Esszimmer, wo seine Mutter am Tisch saß. Obwohl sie versuchte, ihre linke Gesichtshälfte von ihrem Sohn abzuwenden, konnte er erkennen, dass sie eine blaue Wange hatte. Verquollene Augen zeigten, dass sie viel geweint hatte.

»Was ist Dir passiert?«

»Ich habe mich am Kühlschrank gestoßen«, antwortete sie, ohne ihren Sohn anzublicken.

»Das war er, oder?« Seine Augen füllten sich mit Tränen.

»Ja ... Aber es war meine Schuld. Ich habe nicht aufgepasst.«

Zacharias ballte seine Fäuste. Er fühlte eine kaum zu kontrollierende Wut in sich aufsteigen.

»Ich hasse diesen Menschen!«, entfuhr es ihm.

Seine Mutter begann zu weinen. Diesen Anblick konnte er nur schwer ertragen. Die Spannung wich aus seinem Körper, er ließ die Schultern hängen und sagte zu sich selbst: »Ich hasse unser Leben!«

Sie hörten ein Geräusch aus dem Wohnzimmer und zuckten zusammen. Der Vater war wach!

Flucht

1997

Er rannte um sein Leben. Zwei Verbrecher waren hinter ihm her. Je schneller er lief, desto langsamer kam er vorwärts. Sie hatten ihn fast erreicht.

»Ah!«, rief er, als ihn seine Mutter wachrüttelte.

»Zacharias, schnell, steh auf! Der Vater hat einen Tobsuchtsanfall.« Immer noch im Schlafanzug zog er wie in Trance seine Schuhe an und folgte seiner Mutter durch den Flur. Durch einen Spalt in der Tür konnte er sehen, wie sein Vater mit einer Eisenstange auf den neuen Wohnzimmertisch einschlug.

Der zwölfjährige Junge fühlte keine Angst. Er fühlte nichts. Nichts mehr.

Seine Mutter hatte einige Sachen in eine Plastiktüte gepackt und führte ihn an der Hand zur Garage. Immer wieder blickte sie sich um. Sie stiegen in den alten Ford - seine Mama auf den Fahrersitz, er selbst legte sich auf die Rückbank. Als er noch einmal aus dem Fenster blickte, sah er seinen Vater durch die Haustür Richtung Auto wanken. Hektisch ließ seine zitternde Mutter den Wagen an und fuhr mit quietschenden Reifen los.

Obwohl Zacharias Angst hatte, wieder einen Alptraum zu durchleben, schloss er die Augen und schlief ein. Er träumte schlecht. Wie immer.

Oma

1996

Ein Flugzeug wollte er schon immer haben. Mit Geräuschen und blinkenden Lichtern. Schon die Verpackung gefiel ihm gut. Während er mit seinem neuesten Lieblingsspielzeug durch Omas Wohnung lief, konnte er seine Mutter mit der Großmutter diskutieren hören.

»Wenn ich so eine Frau hätte, würde ich auch trinken.«

»So, und warum trinkt dein Mann dann auch?« Mama schien sich verteidigen zu müssen.

»Mein Mann hat den Krieg erlebt. Deswegen trinkt er.«

»Mein Mann hat auch den Krieg erlebt - den zwischen seinen streitenden Eltern.«

»Du bist die schlimmste Schwiegertochter, die ein Mensch haben kann!«

Er konnte hören, dass der Ton schärfer wurde.

»Zacharias, wir fahren nach Hause!« Sie packte das Flugzeug und warf es auf das Sofa.

»Warum?« Seine Augen füllten sich mit Tränen.

»Verabschiede dich von deiner Oma. Wir kommen hier nie wieder her.«

Er liebte seine Großmutter. Die gesamte Heimfahrt über weinte er. Seine Großmutter sah er nie wieder.

Schutz

1995

Morgens spielte ich am liebsten mit meiner Ritterburg aus Bausteinen. Meist war ich vor meinen Eltern wach und hatte so vor dem Frühstück noch eine halbe Stunde Zeit dafür. Wenn ich aufwachte, zog ich zunächst den Hammer unter dem Kopfkissen hervor und legte ihn in die Schublade meines Nachttisches. Diesen versteckte ich dort, um mich meines Vaters zu erwehren, falls es zu einem nächtlichen Gewaltausbruch käme. Dann setzte ich mich auf den Boden, wo meine gelbe Burg stets komplett aufgebaut stand, alle Zinnen mit bewaffneten Rittern besetzt und die Zugbrücke hochgezogen.

Mein Spiel bestand nun darin, mit Murmeln die Burg zu ›beschießen‹, sodass möglichst viele Ritter von den Wehrgängen fielen.

Ich wollte dabei keinesfalls meine Mutter wecken, die auf einer Matratze vor meiner Zimmertür schlief, um gegebenenfalls eine erste Barriere gegen meinen meist betrunkenen Vater bilden zu können. Auch an diese Situation hatte ich mich gewöhnt. Nicht, dass ich mich sicher fühlte. Es war nur nichts Besonderes mehr.

Als später meine Mutter das Frühstück bereitete - heiße Schokolade und Toast mit Nougatcreme -, war es meine Aufgabe, den Vater zu wecken. Dies war ein recht tückisches Unterfangen, hatte dieser doch die Angewohnheit, beim Erwachen um sich zu schlagen. Also holte ich zunächst die Rolle mit Papierhandtüchern aus der Küche und stupste damit meinen Papa vorsichtig an.

»Papa. Aufstehen.«

Es galt, im richtigen Moment aus dem Weg zu springen, um nicht einen Schlag abzubekommen. Dies gelang nicht immer.

Heute schon.

Es war ein guter Tag.

Wenige Minuten später saßen wir dann gemeinsam am Frühstückstisch. Ich mit meinem ›Schokofrühstück‹, Mama mit einer Tasse Kaffee und Beruhigungstabletten, Papa mit einer Flasche Cognac. Er hatte irgendwann einfach aufgehört, ein Glas zu benutzen, und angefangen, aus der Flasche zu trinken. Ich fand dies auch viel praktischer.

Es war ein ganz normaler Morgen.

Aussichtslos

1992

Seit Papa keinen Führerschein mehr besaß, mussten wir ihn stets ›chauffieren‹, wie er es immer nannte. Dass wir ihn heute aber bereits am frühen Nachmittag von der Arbeit abholen mussten, verstand ich nicht. Aber es war mir auch egal, denn so sparte ich mir die Hausaufgaben.

»Wieso bist Du heute schon aus?«, fragte Mama, nachdem Papa eingestiegen war.

»Weil sie mich rausgeschmissen haben«, lallte Papa.

»Was? Wieso?« Mama schien sich aufzuregen.

»Weil ich meinem Chef eine geschmiert habe. Der Depp! Sagt der glatt, ich darf kein Bier mehr trinken.«

Während Papa weiter schimpfte, weinte Mama leise vor sich hin. Ich war auf Papas Seite. »Wir Brunndoblers halten zusammen!«, dachte ich mir. So machen das Siebenjährige.

Zweifel

1985

»Es tut mir leid, Schatz. Ich war so wütend, weil wir heute im Lokalderby verloren haben«, lallte Josef Brunndobler.

Seine hochschwangere Frau Marianne saß am Tisch und kühlte sich das geschwollene linke Auge mit einem Eispack.

»Ich kann immer noch nicht fassen, dass du mich geschlagen hast. Nach jedem Fußballspiel oder -training kommst besoffen nach Hause und rastest aus. Sonst hast Du mal zwei oder drei Bier getrunken. Aber jetzt sind es zehn Cognac, sagt der Franz. Wie soll das weitergehen?«

Josef schlug mit der Faust auf den Tisch, sodass die Cognacflasche umfiel. Seine Frau zuckte zusammen.

»Ich habe doch schon gesagt, dass es mir leidtut! Jetzt mach mich nicht wütend!«

Weil sie schwanger war und den ungeborenen Sohn nicht einem lauten Streit aussetzen wollte, beschloss sie, nichts mehr zu sagen. Liebevoll streichelte sie sich über den Bauch. »Wenn unser Kind das Licht der Welt erblickt, wird er sich schon ändern«, dachte sie sich.

Anfang

1980

Die gesamte U18 des Fußballvereins feierte den Aufstieg.

»Sepp! Sepp! Sepp!«, feuerten sie ihren Mannschaftskapitän an, als er in einem Zug sein zehntes Glas Bier bezwang. Sein bester Freund klopfte ihm auf die Schulter. »Sepp, Du bist der Beste. Keiner stellt so viel Bier weg. Respekt!«

Vergebung

2015

Seine Knie fühlten sich auf eine unangenehme Art warm und nass an. Als er an sich hinunterblickte, bemerkte er, dass er in einer Blutlache kniete. In diesem Moment war ihm das völlig egal. Zacharias Brunndobler betrachtete den leblosen Körper seines Vaters mit einer Mischung aus Ekel, Wut und Trauer. Und Fassungslosigkeit. Wie hatte es nur so weit kommen können? Er wollte gerade mit ihm Frieden schließen, doch nun war sein Vater tot.

Das Klinikpersonal hatte den Raum verlassen, damit er Abschied nehmen konnte. Keinen einzigen Satz hatte er sagen können, direkt nach der Begrüßung hatte sein Vater Blut erbrochen und war an einer alkoholbedingten Ösophagusvarize verblutet. Der Arzt hatte nichts mehr dagegen tun können.

Zacharias holte sich einen Stuhl und setzte sich zu seinem Papa. Weinen konnte er nicht, aber seine Hand hielt er. Erst nach einer Viertelstunde fand er die Energie, etwas zu sagen.

»Es tut mir leid. Ich hätte dich gerne ohne

Alkohol kennengelernt. Aber ich vergebe dir deine Alkoholkrankheit. Ich vergebe dir.«
Nach diesen Worten fand er die Kraft, zu weinen.

Im Reinen

2017

Er saß auf einer Parkbank im vierten Vorhof der Burghauser Festung. Jedes Gebäude kannte er. Die alten Steine machten ihn demütig. Sie schärften seinen Blick auf das große Ganze, zeigten ihm seinen Platz im Universum. Das frühere Zuchthaus der Anlage bewies, dass die einen Menschen schon immer Leid verursachten und dass andere Menschen dieses zu ertragen hatten. Im Jahr 1255 hatte der Bau der Hauptburg begonnen, so viel wusste er auch. Jahrhunderte später stand sie immer noch, die imposante Burg zu Burghausen. Verglichen mit der Erde, dem Universum oder gar Gott war selbst das ein kleiner Moment. Ein Hauch.

»Was sind wir kleinen Menschen da schon!«, ging es ihm durch den Kopf. Er war sich völlig klar darüber, dass in seinem Leben so einiges schiefgelaufen war. Für das meiste konnte er nichts. Für manches schon. Was er aber wirklich beeinflussen konnte, war er selbst. Was für ein Mensch er sein würde. Wie sein Leben das anderer Menschen berührte.

Die letzten Worte seiner Kinder würden je-
denfalls nicht »ich vergebe dir« lauten. Dies
würde er zu verhindern wissen.

Er hob den Kopf und sah seine Frau mit den
beiden Söhnen vom Burgkiosk in seine
Richtung gehen. Eifrig beschäftigt waren sie
alle mit ihrem Eis am Stiel.

Harmonie. Leben. Familie.

Anders.

Ganz anders ...

Ende

Saisonabsch(l)uss – Ein Bad Füssing Krimi

Wellhöfer Verlag, ISBN 978-95428-198-5

Bad Füssing bot des Nachts einen besonderen Anblick. Die Straßen wurden beinahe allesamt von stattlichen Bäumen eingesäumt, unter deren Kronen die Straßenlaternen standen. Dem Passanten, der den Blick auf den Boden gerichtet hielt – sei es aus einer alkoholinduzierten Gangunsicherheit oder aus einer Grübelei heraus – entging etwas sehr Schönes: der Anblick von unten beleuchteter Baumkronen. Es hatte etwas Märchenhaft es. Nur eine Gestalt schien sich hierfür nicht begeistern zu können.

»... allerhand kuriose Situationen, die dem Leser die Lachtränen in die Augen treiben.
Kurzum: Das Buch beschert dem Leser kurzweilige Lesestunden und macht Lust auf mehr ...«

(Passauer Neue Presse)

PLANET AWARDS
2 0 | 6

Ausgezeichnet mit dem
Planet Award 2016
als
Buch des Jahres
und
Buch des Jahres in der Kategorie Humor

Haderlump – Eine Krimikomödie

Twentysix, ISBN 978-374071-232-7

Zurück zur Natur. Dies war sein Vorsatz für das restliche Leben. Vor allem jetzt, wo Pfarrkirchen von einer Einbruchsserie heimgesucht wurde, schien die Anschaffung eines Hundes dafür das geeignete Mittel zu sein. Die Boxerhündin Inara purzelte das Leben der ganzen Familie gehörig durcheinander, was ihr den Spitznamen ‚Haderlump' bescherte.

Doch dass er nun ohne Gegenwehr durch eine Kugel sterben würde, hatte er nicht auf dem Plan. Sprachlos, bewegungslos und hoffnungslos saß er da und sah dem Tod ins Auge.

„Haderlump" von A. A. Reichelt ist eine Krimikomödie. Ich habe selten bei einem Buch so sehr gelacht. Dem Autor gelingt es den Humor perfekt in der Geschichte unterzubringen. Der Handlungsort ist eine kleinen Stadt in Niederbayern, was mir als Bayer natürlich sehr gefallen hat. Ich liebe den bayrischen Dialekt, welcher gut eingebracht wurde. Die Charakter sind toll gewählt und kommen authentisch beim Leser an. Natürlich darf in einer Krimikomödie die Spannung nicht fehlen.

Auch hier gelingt es A. A. Reichelt von Anfang an die Spannung zu halten, sie sogar zu steigern. Ein wirklich tolles Buch, das man kaum aus der Hand legen mag.

<u>Fazit:</u> Ein Krimi für die Lachmuskeln! Hier gebe ich gerne meine Kaufempfehlung!

(Mordsbuch.net)

PLANET AWARDS
2 0 1 6

Ausgezeichnet mit dem
Planet Award 2016
in der Kategorie *Cover des Jahres*

JoJo und Jules – Die Schatzsuche

Twentysix, ISBN 978-37407-1231-0

Die Schatzsuche

JoJo und Jules finden einen
Hinweis auf einen Schatz. Sofort
machen sie sich auf die Suche und
finden dabei weitere Rätsel im
Heimatmuseum und in der
Stadtbücherei. Ob sie ihr Ziel
erreichen? Folge den beiden
Freundinnen auf ihrem Weg
durch Pfarrkirchen!

Der Diebin auf der Spur

Ein Schock am ersten Schultag! Die
Geldbörse der Lehrerin wurde
gestohlen, und JoJo und Jules stehen
unter Verdacht, die Diebe zu sein. Um
ihre Unschuld zu beweisen,
beschließen sie, den wahren Täter zu
suchen. Doch sie finden etwas ganz
anderes...

*Fazit: Eine wunderschöne Geschichte mit liebenswer-
ten Charakteren und tollen Illustrationen, die Alt und
Jung anspricht und berührt. Gerne mehr davon!*
(Unsere kleine Bücherwelt)

PLANET AWARDS
2 0 1 6

**Ausgezeichnet mit dem
Planet Award 2016
in der Kategorie
*Kinderbuch des Jahres***

A. A. Reichelt
Die Flutnovelle
Niederbayern 2016

Die Flutnovelle
Twentysix, ISBN 978-374071-493-2

»War ja klar, dass es heute wieder regnet!« Steffi Anzinger saß an ihrem Platz im Esszimmer und frühstückte.

»Ja, es könnte jetzt wirklich mal wieder aufhören«, antwortete ihr Vater Alfons. »Der Altbach steht schon ganz schön hoch.«

Nur wenige Stunden später hatte er aufgrund der Flutkatastrophe in seinem Heimatort Triftern den Kontakt zu seiner Tochter verloren. Sie war sein Ein und Alles. Hatte er ihr heute überhaupt schon gesagt, wie sehr er sie liebte?

Das Buch beschreibt eindrucksvoll, was die Flut in Süddeutschland angerichtet hat. Dabei geht es weniger um den großen Schaden, sondern stehen die Menschen im Vordergrund. Die Gefühle, die in einem hochkommen, wenn man einen geliebten Menschen vermisst, werden so gut beschrieben, dass mir selbst sofort die Tränen kamen. Die Schicksale berühren einen und lassen dich so schnell nicht wieder los. ... [Der Roman] beschreibt einen sehr aufregenden Tag, in dem viele Menschen ihr Zuhause verloren haben. Ein paar Stunden haben ein ganzes Dorf fast vernichtet. So schnell kann ein regnerischer Tag in einer Katastrophe enden."

- Bookrecession

<u>Andreas Artur Reichelt</u> (´77)

Therapeut, Dozent und Schriftsteller.

Ich liebe ...

... meine Familie ...

... die Bibel ...

... Kunst ...

... Wein ...

... klassische Literatur ...

... Kreativität jeder Art ...

... und nicht zuletzt: Espresso.

Seit 2009 schreibe ich kreativ.

Seit 2008 bin ich Familienvater.

Schon immer male ich.

Manchmal schlafe ich. Zu oft esse ich.

Und nie habe ich genug Zeit für all diese

Vorlieben.